石井辰彦

逸げて來る羔羊

逸げて來る羔羊／石井辰彦

書肆山田

逸げて來る羔羊

瀬戸物の國で

夕暮《ゆふぐれ》の暑きに倦《う》みて（傳來《でんらい》の）茶器《ちやき》の冷たき肌膚《はだへ》、を……　愛撫《なで》る
缺《か》け易き精神《こころ》と肉體《からだ》……　せめて彙《あつ》める美しいもの、硬いもの
笹紅《ささべに》が黑漆《こくしつ》の齒と馨《かを》りあふ白磁《はくじ》の肌の美女《をみな》、を、獲《え》ばや！
討たれなむ。鐵漿《かね》黑黑《くろぐろ》と細眉《ほそまゆ》の少年《せうねん》を好《よ》き敵手《あひかた》として
誰《たれ》にでも女時《めどき》はあるさ……　兄分《あにぶん》の總身《そうみ》の紋紋《もんもん》の色も、褪せ

ついさつき、知つた！　血に棲《す》む（原住民《ネイテイヴ》の）驕兒《けうじ》の緋縮緬《ひぢりめん》の、大幅《おほはば》

義《ギ》に死にし（父祖の）誰彼《たれかれ》……　犬死《いぬじに》でなかつた事例《こと》は、稀《すく》なからうぜ

上膊《にのうで》に（否《いや》！　心臓《しんざう》に）彫《ほ》るべきか……　緋《あか》き文字《もんじ》で、ただFRAGILE《ワレモノ》と

金繼《きんつぎ》の猪口《ちよく》で一氣《いつき》に手繰《たぐ》る蕎麥……　噫《あ》、日本人《ジヤツプ》つてことか、己等《おいら》は

日本人《ジヤパニーズ》、疾《と》く亡べ！　大名物《おほめいぶつ》の茶碗《ちやわん》も（こなごなに）砕け散れ！

靈魂《たましひ》の茶事

心中《しんちゆう》の波濤《はたう》も（しばし）和《な》ぐ、と、言はむ。朱《しゆ》の茶袱紗《ちやぶくさ》を颯《さ》と捌《さば》きなば

一陣の風が吹くか、と、訝しみ…………　やをら、そののち、爐《ろ》に炭《すみ》を繼ぐ

釜鳴《かまなり》か？　あるいは、聲か？　……束の間を小間《こま》に漂ふ死者たちの、聲か？

こぞり來る魔《モノ》の、聲――　デルポイの（彼《か》の）巫女《みこ》の咽喉《のど》から出でし如くに

靈魂《たましひ》も透くべく冱ゆる拂曉《あかとき》に――　繁穂《しげほ》の茶筅、甘く響きぬ

道《い》ふなれば髯《ひげ》の意休《いきう》が打ち拂ふ頭上の木屐《あしだ》………　今日《けふ》の雜事は

世《よ》に充《み》てる快樂《けらく》を棄《す》てて方寸《はうすん》の愉樂《ゆらく》に醉《よ》ひぬ。末客《まつきやく》として

穢《けが》れなき心が闕《か》けてゐる所爲《せゐ》か………　無銘《むめい》の黑樂《くろらく》の持ち重り

呼び交す靈魂《たましひ》、幾許《ここだ》――　息を詰めて翠綠《みどり》の《毒》を呷《あふ》る刹那に

靈魂《たましひ》の聲も（終《つひ》には）消えゆきぬ。仄かに遠く谺《こだま》しながら――

青髯公の城

青髯《あをひげ》、と、噂されたい夜《よる》もある………　一日《ひとひ》、剃刀《かみそり》負けに苦しみ
胸中は（やや）搖らげども………　揉上《もみあ》げに青黛《せいたい》。立敵《たてがたき》を氣取つて
あの男、氣高く見ゆるのも道理《だうり》…………　片頰《かたほ》に（微かなる！）刀疵《かたなきず》
持てあます、寸暇《すんか》、てふもの――　片眼鏡《モノクル》で、舊《ふる》き懷中時計を、覘《のぞ》く
かう言つてしまつて、いい、か？　――男には城がある。男の數だけの

ようこそ！　と言へども、しかし、闚《のぞ》かれたくはない部屋が（男には）ある

髯《ひげ》を剃ることこそ第一の責務……　朝明《あさけ》、大河を見下ろす部屋で

あまりにも、青き、頬、かな――　剃跡《そりあと》といふ言葉さへ労《いたは》しくして

女には見られたくない（髯《ひげ》を剃る）儀式……　なにしろ、馬手《めて》に剃刀《かみそり》

漲《みなぎ》らふ大河のほとり――　獨《ひと》り身《み》の男の城は、聳ゆ。………閴《しづ》かに

食欲について

今宵また、目醒めよ。食に……　舌も、胃も、痲痺してゐても、爛れてゐても

晩餐は（家常《かじやう》）慘事、と、爲《おも》ふべし。銀のナイフは（もう！）釁《ちぬ》られた

水銀を僅《はつ》かに含みゐることも（僕の時代の）食の、榮譽、さ！

滿腹の果てに相果つ――――　人類の（飽くなき）食欲を、讃美せよ

食べ盡したら、食べられろ！　滴つてゐるのは、俺の血か？　奴の血か？

プロクネの冷めた微笑《ほほゑみ》………　子を捌《さば》くのには（やっぱり！）燕《つばめ》のナイフ

お父さん似の子を食べたお父さんの悲歎《なげき》を（うつとりしながら！）聞いた

獣《けもの》でも、神でも、人間でも、いい………　生命《いのち》の糧《かて》を食ふ、だけの、こと

晩餐が濟んだら、泣かう！　僕らより（少し……）遅れて地球は、滅亡《ほろ》ぶ

靈長に、生《うま》れた、不幸――――　共食ひを樂しむ特權を……　留保、する

父の生贄

彌増《いやま》さる（羇旅《たび》への）思念《おもひ》——紫に烟《けぶ》れる多《た》島海《たうかい》を、見《み》霽《はる》かす

動脈を素早く斷て、と、教《を》授《そ》はりぬ——痛苦《つうく》を長引かせぬため、にも

目眩《めくるめ》く（人類の）歴史の、長さ——父が子を贄《にへ》とした日、から、の

佞奸《ねいかん》の神と約すること莫《なか》れ——奴らは（晝間《ひるま》から）裏を畫《か》く

緘默《おしだま》る父を（優しく）抱き締めよ——生命《いのち》を返《か》還《へ》すべき（汝《な》が）父を

禮節を知り、歴戰の勇士でもある、父――　贄《にへ》を（疾《と》く）捧ぐべし
正義《ディケー》とは如何なる女神――　墮落した人類を見限ったさうだ、が
反復《くりかへ》される過誤《くわご》――　星の數ほどの父が（已《や》むなく）子を手に掛けた
列をなす（供犧《くぎ》の）羔羊《こひつじ》――　巻髪に白きリボンを結びしは、父
多《た》島海《たうかい》へと乗り出さう――　血塗《ちまみ》れのリボンを（檣《ほばしら》に）掲げつつ

河畔の娼婦

喜悦《よろこび》も悲愁《かなしび》も無い、この世界……　せめては若者を嘲弄《からか》はう

欲望は（それ自體）わたしの仕事……　産み出すものが（何も）なくても

支拂《しはらひ》は、何でいただきませう？　瞬時《つかのま》の未來を見せてあげたら

感動に泣く、のは、無し、だ。河波《かはなみ》に流されるみたいな生《セイ》だもの

際《きは》やかな響きが、逆浪《さかなみ》を、立てる……　水夫《かこ》の吹く口笛の響きが

若者が何かゝを棄てるのが、賴み……　ぢやなきや世界が滅亡《ほろ》ぶ。と聞いた
仰向けにならう。膝さへ立てませう！　それで世界が救濟《すく》はれるなら
英雄《えいいう》におなり！　だ、なんて……　若者に掛ける平生《いつも》の（呪詛《のろひ》の）言葉
不死は娼婦のもの。永遠《とは》に赫《かかや》ける（空虛《からつぽ》の）死は英雄《えいいう》のもの
濁りつゝ、大河は、流る。この遊星《ほし》が滅亡《ほろ》びつゝあるのも知《し》らぬ氣《げ》に

小町が果ての

残香《のこりが》は（噎せかへるほど）強くして……　彼《か》の女人《によにん》、何時《いつ》の世の貴妃《きひ》なる

露ほども歌には詠まず。求愛《きうあい》を手酷《てひど》く拒むこゝろ、の、内は

戀ひ慕ふ胸の火焔《ほむら》は（死してなほ）消えやらず……　みたいな戀、を、する

醜《しう》は美《び》に巣くふ。未通女《をとめ》の眼の下の（微《かす》かなる）夏日斑《そばかす》の、鴇色《ときいろ》

戀ゆゑに、女は、老いる……　男たちは、老いない。戀ゆゑに喪《ほろ》んでも

君の美しさは衰へやしない。……さう言ひ遺し、死にし、誰彼《たれかれ》
老鶯《らうあう》の聲《こゑ》、か？　それとも（記憶喪失の）天使の羽音《はおと》、か？　あれは
空耳《そらみみ》ぢや、ない！　（あの）言葉　――又きつと君に會ふだらう、百年もすれば
百年《モモトセ》の姥《ンバ》は小町が果ての名。と、告げむ……　往き交ふ（男たちの）影に
微風《そよかぜ》が女人《によにん》の（饐えた）體臭《たいしう》に、染まる。百年《ひやくねん》なんて、瞬間《つかのま》

茸を喰つて

頭蓋《とうがい》の、中は、眞《ま》つ白《しろ》……　　眞《ま》つ晝間《ぴるま》（獨《ひと》り）茸を喰つたばかりに

人生が（螢光塗料《けいくわうとれう》の）薔薇色《ばらいろ》に、見える……　くたばりはづれの眼にも

誰《たれ》の名を、呼ばむ？　（徐《しづ》かに）薄濁《さゝにご》りしゆく意識の（深き）淵より

生きながら埋《う》められてゐたわたくしが、小搖《こゆる》ぎをする。夢の水際《みぎは》で

ムツェンスク郡の（不生女《うまず》の）若妻《わかづま》が鍋から皿に移す！　孤獨《こどく》を

死には負けないのに生には負ける者が好む編笠茸《あみがさたけ》、の、齒觸《はざは》り

雪白《せつぱく》の茸が生える……　彫り棄てた（上膊《にのうで》の）髑髏《のざらし》の眼窩《がんくわ》に

一皿《ひとさら》の茸は齎してくれるだらうか？　死とふ永遠《とは》の快樂《けらく》を

宵闇にみるみる腐る茸。その腐臭《ふしう》を（涙ながらに）愛す

轉寝《うたたね》にこの身に蛆《うじ》が涌く夢を見た。それも總天然色《そうてんねんしょく》で

馬上《バシヤウ》に吟ず

若き騎兵は（日ざかりに）汗を入れ……　實《げ》に！　肉袒《にくたん》は（鹹《から》き）刑罰

白雨《ゆふだち》を天啓《てんけい》として撤退《てつたい》す――　結句、全員《みんな》が敗者だ。今日《けふ》は

斥候《せきこう》に發《た》たうか？　遙か、ひたぶるに黄葉《もみ》づる秋の日の際涯《はたて》まで

現世《げんせ》へと踵《くびす》を返す。中天《ちゆうてん》の（名殘の）月が、あんなに、蒼《あを》い

木枯《こがらし》の中に、聽く。――竈《くど》には鍋が仕掛けられた。と、ささやく聲、を

渺乎《べうこ》たる（己《おの》がこころの）湖も、甚《いた》く逆巻く――　夜《よる》の吹雪に

遠く聞く冬の、雷《らい》……　孤羇《こき》たる吾《われ》は（比良《ひら》の高嶺《たかね》を北にして）征《ゆ》く

友に抛《なげう》たれてひとり酌む酒の、ささにごり……　あゝ！　告天子《ひばり》が、揚がる

花ざかりの森を（遙かに）見しばかり。死、さへも適《かな》はざる宿望《ねがひ》にて

汗を揉む駻馬《あらうま》の背に（一刻も）やすらふことのなき身を、嗤《わら》ふ

残酷な夏休み

夏こそは死者たちの季節だ。酷《むご》いほど眞《ま》つ青《さを》な（見よ！）空《そら》だもの
巴旦杏《アマンド》の香《か》に薫《かを》る青年の胸に死が萌《きざ》す。深紅《しんく》に燃える死が
白晝《まひるま》は光の廟宇《べうう》――　若者が（休暇中《きうかちゆう》、どんどん）死んでゆく
青春を卒《を》へて存《なが》へ得たことの、不幸《ふかう》……　骨身《ほねみ》に堪《こた》へる。それが
生きて在るかぎり心病《うらや》む。若くして死んだ〈彼奴《あいつ》〉や《彼奴《あいつ》》のことを

水葬《すいさう》を幸《ねが》ひしものを………　青年に委《まか》せよう。膨れあがる水《みづ》は

甎全《せんぜん》の徒《と》は（休暇中《きうかちゆう》）假借《かしやく》無き夏の光に瞳孔《ひとみ》を…………　射られ

是《これ》の世《よ》の誰《た》そ彼時《かれどき》に、ひとり問ふ。——何故《なぜ》あの夏に死なななかつたか？

せめて言ふ。——殘酷な夏だつたね。と　——やけに灼《あか》るい夏だつたね。と

人生は（驅けてゆく）影——————　青春に別れを告げた休暇《きうか》、の、記憶

暴力について

酔夢《すいむ》から醒めて、驚く。青痣《あをあざ》が（何時《いつ》の間《ま》に？）顔にも、心にも
是《これ》の世《よ》がこのまま續くなんてことを肆《ゆる》してよいものか？　簡短《かんたん》に
敬信《けいしん》の心は、失せた！　人間《にんげん》を（こんなに、長く）演じ來たので
拳骨《げんこつ》を、固めるべきか？　……釁《ちぬ》られた時代を生《い》き存《なが》へるために
熱誠《ねつせい》も（今や）疎《うと》まし。追物射《おものい》の射手《いて》が射る矢は蟇目《ひきめ》か、否《いな》か？

我《われ》は識《し》る。暴力と權力とには（笑つちやふほど）差が無いことを
杜松《ねず》の香《か》の酒に醉《ゑ》ひつつ……　偲ぶ。戰車《タンク》に轢き殺された學友《がくいう》を
忘却もまた暴力、か？　广场には（無數の！　銹色《さびいろ》の！）足跡《あしあと》が
民衆を導く（理《り》に悖《もと》る）力――　其《そ》を挫《くじ》くのも力か？　と、問ふ
この胸の奥處《おくか》に燃ゆる（消しがたき）暴力の火《ほ》の穗《ほ》を、道《い》ふ勿《なか》れ

ドゥリウス河畔の兎亭にて

夕暮《ゆふぐれ》の（河港《かかう》の）埠頭――　若き日の過誤《あやまち》、ばかり、思ひ出されて

對岸は（酒藏《さかぐら》の）闇――　定め無き世とは（熟々《つくづく》）解つてゐる、が

店先に兎は飼はれゐて……　今日《けふ》は注文すまじ。臟物煮《もつに》も、愛も

被彈《ひだん》した遊擊戰士《ゲリラせんし》が言つた、とか。――生き延びなさい！　わたしの兎

內亂も、革命も（かつては）あつた、筈《はず》……　密《ひそ》やかに、酒は泡立ち

戰塵《せんぢん》を歷《へ》たことの無い靈魂《たましひ》に突き刺さる。←棘《トゲ》みたいなものが

食卓に（不吉な）話題……　肉體も精神も無に歸す。と、言ふのか？

士君子《しくんし》は（君《キミ》のことだが！）臨むべし。常餐《じやうさん》にさへ生命《いのち》を懸けて

生贄《いけにへ》にすべきは（兎より）人間《ひと》だらう。と、嘯《うそぶ》く――　兎亭《うさぎてい》にて

さはれこの序《つい》でにも死なばや……　などと言つてみる。食後酒《しよくごしゆ》を嘗《な》めつつ

ネクタイを結ばせる

娼婦《あそびめ》は視線を、逸らす。若者の野卑な(動物柄《アニマル》の)タイから

人生の選擇肢、二つ。兵隊になるか? 女の情夫《ひも》で卒《をは》るか?

彼等皆奴隷であるといふ證據…… 男の首に巻き付くタイは

露臺《バルコン》に出てみよ! 若き嫖客《へうかく》のために(月下に)素馨《ジャスミン》、芳《かを》る

愛を言ふのは、早過ぎる。曉闇《げうあん》に結ぶタイにも慣れぬ年齒《としは》で

指先に纏《まと》はる紫煙　——男って（裸にすれば）みんな子供ね
靈魂《たましひ》も軋み鳴るほど聢《しつか》りと（女に！）結ばせる。ネクタイを
驚いちや、駄目だ！　世界が一軒の娼館に過ぎぬと解つても
新品《しんぴん》の男は（なんて）美しいんだ！　眞《ま》つ新《さら》のタイを結んで
征《ゆ》きなさい。心のまゝに……　初夏《はつなつ》の風も今年は駈歩《ギャロップ》で吹く

旅に忘れる

旅立つといふことは――　さう！　大切な何かを忘れるといふことだ

遠く來てから思ひ出す　――靈魂《たましひ》を（菩提樹の木陰に）忘れた。と

徐《ゆる》やかに流れる大河沿ひに走る列車――　旅客《りよかく》は（誰《たれ》もが）孤獨《ひとり》

峠ひとつ越したところで（もう）忘れてゐる。昨日《きのふ》の女の顔を

擦り切れた旅程表……　飛ばした土地の名を讀み上げる。嗄《か》れた聲音《こわね》で

荒れ狂ひ逆巻く河を見たことも、　ある。　客桟《かくざん》の（狭《せば》き）窗《まど》から

枕邊《まくらへ》の燈火《ともし》を細め、　指を折る。　……旅先に忘れた、　あれや、　これ

歸去來《ききよらい》を言ふべき秋《とき》か？　昨夜《よべ》よりの空の亂れも（やゝ）收まりぬ

忘れ物だらけの人生だつた。　つて、　言はう——　（深夜の）終着驛で

歸寧《きねい》して（さらに）忘れる………　大切な（旅の途中に忘れた）ことを

誕生日をみづから祝ふ

樂《たの》し氣《げ》に振舞ひませう……　本當《ほんたう》は、辛《つら》く、淋《さび》しい、誕生日だが
意味も無く繰り返された誕生日の數……　瘦《かく》しも得ぬ老いの影
つまらない男だつたと言はれうか？　勳功《いさをし》なんか一切無いし
小說に仕立てるほどの材料も無い。吾が步み來た路邊《ろへん》には
時ならぬ鯨波《げいは》！　乃公《おれ》以外の人間《ひと》が（またしても、無闇に）勝ち誇る

人生は立茶番《たちちやばん》だ。と言はば言へ——しかも笑へぬ笑劇《ファルス》なのだ。と

只管《ひたすら》にひとつの詩句を口遊《くちずさ》む——我《わ》が生《うま》れし日《ひ》亡《ほろ》びうせよ。と

憂愁《うれへ》ある言葉だ。これも——我母《わがはゝ》のわれを生《うみ》し日《ひ》は祝《しゆく》せられざれ

陣痛は言祝《ことほ》がれるべき、か？どんな子が生《うま》れるか判りもせずに

誕生日なんかもう來なくていい！と、號《さけ》ぶ。誕生日の瓊筵《けいえん》に

眞夏に病んで

幾つもの（重からぬ）病《やまひ》に悩みつゝ、來た。生《うま》れてから已來《ずうつと》
穎脱《えいだつ》の願望《ねがひ》は胸中に祕めつぱなしだ。靈魂《たましひ》を病んでから
飴色《あめいろ》の微熱の中に隠《こも》りゐる至福（至福、と、呼んで善ければ）
我儘な（我が）主、と、定む。鬱塞《うつそく》の病《やまひ》を――（少しだけ）誇りかに
今朝《けさ》はやや和らぐ苦悩《くなう》……鎮痛劑《いたみどめ》代りに昨夜《さくや》賢人《けんじん》を飲み

死者たちの（足どり重き）隊列を、追ひ抜いた。醉夢《すいむ》の街角《まちかど》に

行《ゆ》く末《すゑ》を煩《わづら》ふあまり　——病褥《びやうじよく》に朽つべきか？　自死せむか？　と、問ひぬ

憔悴《やつれ》ばむ我が血管《けつくわん》に月光《げつくわう》の染み入り已まぬ病《やまひ》——　を、病まむ

癒し得ぬだらう、死にさへ。我が病める（此の）業病《ごふびやう》は……　つまり、孤獨は！

哀傷《かなしみ》の苫舟《とまぶね》が、往《ゆ》く——————　いづれ我が靈柩《ひつぎ》を運ぶべき苫舟《とまぶね》が

クエルナバカの大聖堂にて

日の入りの前に發《た》たなむ。大空《おほぞら》は（時ならぬ）雷雨《ライウ》に濯《あら》はれた
本當《ほんたう》は心が（未《いま》だ）霽れ切らぬ——　さう言はう。流離人《さすらひびと》として
二藍《ふたあゐ》に波打つ海を征《ゆ》く者を、突け。天命《てんめい》の（二本《にほん》の）槍《やり》で
十字架《じふじか》の（彼《か》の）人も（また）征服者だつた——　と、氣付く。堂奥《だうあう》に立ち
六親《りくしん》の羈絆《ほだし》を殄《た》ちて雄雄《をを》しかりけり。……信念を貫く者、は

聖《セイ》則《スナハチ》聖《セイ》、と、言へども、己《おら》つちにや（天《てん》から）闕《か》けてゐる。天啓《てんけい》が

人の子は神の子――　そんな（哀切《あいせつ》な）言詞《ことば》が、大聖堂《カテドラル》を、過《よぎ》りぬ

殉《したが》ふに何の惑《まよ》ひか！　EMPERADOR TAYCOSAMA MANDO MARTIRIZAR . . .

教《をそ》はつた、やうな、氣が、する……　天上《てんじやう》に（もひとつ！）世界があるつてことを

圖《はか》らずも異土《イド》に死す。その異土《イド》からの旅人《りよじん》が仰《あふ》ぎ瞻《み》る殉教圖《じゆんけうづ》

玩具《おもちゃ》を捨てて

神、と呼ぶべきか？　不可視の山巓《さんてん》にあつて我等を玩《もてあそ》ぶ者を

薄命の詩人は時代《とき》の玩具《おもちゃ》だ、と（誰《たれ》かが）云つた。小夜《さよ》のほどろに

先學《せんがく》は（斯《か》く）書きぬ。——歌《うた》は私《わたし》の悲《かな》しい玩具《おもちゃ》である。と（ずばり、と）

歌を玩《もてあそ》ぶ詩人を弄《もてあそ》ぶ悲しい宿命《さだめ》……　其《そ》を詠へ、歌に

神神の玩具《おもちゃ》としての満天の星——　ぢやない！　繁茂《おひしげ》る人艸《ひとくさ》

若者を（そと……）引き寄せる。干草《ほしくさ》の香《か》に立つ玩弄具《もてあそびもの》として

禁斷の漿果《このみ》は、苦い――　玩具《おもちや》もて嬲《なぶ》る。若者といふ玩具《おもちや》を

深深《ふかぶか》と（その身に）沒《しづ》みゆく玩具《おもちや》――　わが歌も（是《か》く）心に沁むか？

汗に濡れて惟《おも》ふ。この身も神神の（所詮《しよせん》）玩具《おもちや》に過ぎぬてふことを

歌を弃《す》て、玩具《おもちや》を捨てる。頑是《ぐわんぜな》無い子のやうに………………　否《いや》！　神の如くに

世界を消して

陽光《やうくわう》のごとく（頻りに）降り注ぐ、電波……　滅亡《ほろび》の民《たみ》の頭上《づじやう》に

果つる無き怠惰な睡眠《ねむり》……　終日《ひもすがら》點《つ》けつぱなしのＴＶの前で

是《これ》をしも生《セイ》とや呼ばむ……　意味も無く欲望ばかり掻き立てられて

腦裏《なうり》には、他人の記憶。征《い》つたことの無い戰地の……　爲《し》もせぬ戀の……

眼と耳とのみにて愛す……　何も祕《かく》されてはゐない（筈《はず》の）世界を

破滅へと導かれゆく人類の……　一人びとりの前の情報畫像《モニター》
有り餘る（無駄な）知識は、どうしよう……　忘却《レテ》の流れを徒渉《かちわた》る日に
眩《く》れてゆく意識……　世界の際涯《はたて》から吹《ふ》き來到《きた》る砂嵐の中で
建《た》て得《う》るか？　誰《たれ》が（ＴＶを氣にしつつ）不壞《ふゑ》の詞藻《しさう》の大靈廟《マウソレウム》を……
書きなさい！　詩人なら、詩を……　（先《ま》づ以《もつ》て）ＴＶを消して世界を消して

電話は切って

遠く住む（心の）友と（死にたい！　と、惟《おも》ふ心を祕《かく》して）話す

灰色《はひいろ》の霧を隔てて聲《こゑ》はする……　だが、頬笑《ほゝゑみ》は、終《つひ》に、見えない

物遠《ものどほ》の友、と爲《おも》へど……　その聲《こゑ》を（蜜を舐《ねぶ》るがごとく）舐《ねぶ》りぬ

君《きみ》の聲《こゑ》！　昔のまゝに冴えわたるその聲《こゑ》を聞く。深夜、ひとりで

松蟲《まつむし》の聲《こゑ》を（其《そ》の上《かみ》）共に聞き——　死なば一所《イツシヨ》とこそ契《チギ》りしに

如何《いか》にせむ？　心ばかりか（死なむてふ）身をも嘖《さきな》むこの願望《ぐわんまう》を
この世から消え去らう。聲《こゑ》だけを唯《たゞ》（君《きみ》の留守番電話《アンサー・フォン》に）殘して
君《きみ》にまた携帯電話《セルラー・フォン》を掛ける。»Ja! stirb nur.« と言つて欲しくて
琴詩酒《キンシシュ》の友皆我《ともみなわれ》を抛《なげう》ちしのち、ひとり、聞く――　通話中信号《ビジー・トーン》を
拂曉《あかとき》も近い――　君《きみ》への（繫がらぬ）電話は切つて生命《いのち》は絶つて

暮れ泥む動物園にて

爬蟲類館《はちゆうるいくわん》で（誰《たれ》か、と）待ち合す……　肌上《はだへ》（寂《しづ》かに）冷えゆく、夕暮《ゆふべ》

動物園、といふ張見世《はりみせ》——　蓮《はす》つ葉《ぱ》な大蛇《だいじや》も（疾《と》うに）飼ひ馴らされて

脱出の手段《てだて》は、あるか？　生《セイ》といふ檻《をり》、とは平凡《つきなみ》な言辭《ことば》だが

良心を裏切つてシンハラ人を見に行く——　馴化自然觀察園《ジャルダン・ダクリマタシオン》へ

動物園裏で拾つた客の名は、ジャック！　切り裂いとくれ、妾《あたし》を

人間《にんげん》は飼はれゐる、衰滅《ほろび》の星に——　（かなり醜い）動物、として

見る愉悅《ゆえつ》……　見られる快樂《けらく》……　交接《まぐはひ》の情景《ありさま》であるならなほのこと

蕃殖《はんしょく》に關與《くわんよ》せぬまま、殉じよう——　滅亡《ほろ》びゆく惑星の大義《たいぎ》に

靈魂《たましひ》を解《と》き放《さ》くといふ死よ、來到《きた》れ！　囚《とら》はれてゐる凡《すべ》ての生物《もの》に

獸等《けものら》の餌にしてくれてもいいぜ………　身《み》が靈魂《たましひ》の（腐臭《くさ》き）容器《うつは》は

若き詩人に與ふる歌

前生《さきしやう》の記憶の絲で織り上げる（未來のための）詩歌《しいか》――　數篇
靈魂《たましひ》を捉へて放さない詩句を（敢へて）抛《なげう》つ。……後生《こうせい》に向け
いと高き志！　……だが（現世《げんせ》での）報酬《みかへり》は（見事に）尠《すくな》いぜ
生《セイ》は儚《はかな》く、名聲もまた………　後世《のちのよ》に殘る詩を書いたとしても
創作《さうさく》の苦しみを（天譴《てんけん》として）引き受けなさい。生命《いのち》を懸けて

溜息を吐《つ》けば吐《つ》くほど深まる、と言ふ。うら若き詩家《しか》の詞藻《しさう》は
太陽を（直《ただ》に）凝視《みつ》めよ！　凡俗《ぼんぞく》の風《ふう》に紛れて生きるにもせよ
飽くまでも心を高く――　君を知る者の稀有なる世《よ》、と諦めて
沈みゆく（心の）岸に、さう思ふ。未來には数多《あまた》の知己ありと
忘却《ばうきやく》の船門《ふなと》を出でて時間《とき》といふ風《かぜ》に帆を孕ませよ！　……詩人《うたびと》

ドラゴン退治の英雄に寄せて

見蕩《みと》れてはならぬ！　美美《びび》しく鎧《よろ》ひゐる英雄《エイイウ》の幽雅《いうが》な立ち姿

英雄《エイイウ》に靈魂《たましひ》なんか無いと爲《おも》へ。唯《たゞ》………　動物として、美しい

打ち靡く褐色《かちいろ》の森――　英雄《エイイウ》が現れる世《よ》の不運を惟《おも》ふ

蛟龍《かうりよう》の潜《ひそ》める洞《ほら》は深くして硫黄《いわう》の臭《にほ》ひ。懐かしぶ、其《そ》を

有翼《いうよく》のドラゴンさへも討ち果す膂力。其奴《そいつ》を詩に詠む氣力

むしろ、斯《か》う、言ふべきだ。怪獣《くわいじう》に跨《またが》つて　―Geriön, moviti omai. と
食指《しよくし》のみ不死とはなりぬ。英雄《エイイウ》の唇の血を拭つただけで
不死身だと言はれた者の靈魂《たましひ》が澄みわたる。騙し討ちに遭つて
惡龍《あくりゆう》の血と己《おの》が血を共に浴び、英雄《エイイウ》は死ぬ。永遠《えいゑん》の死を
血まみれの君《キミ》の身體《からだ》のすみずみを、淨《きよ》む――　敍事詩に仕立てることで

闌けてゆく春に歌ふ

開け放つ春の窓邊《まどべ》に微睡《まどろ》みぬ。戀に戀する少女《せうぢよ》のやうに
一陣《いちぢん》の風――　あゝ、さうだ。思ひ出の核心《コア》にあるのが何かが判る
薔薇《ばら》色《いろ》に煙《けぶ》る島あり。曖昧になりまさるわが記憶の中に
春の日の……　あれが初戀だつたのか？　……光の中に消えた少年《せうねん》
少年《せうねん》も、聽ては氣付く。行《ゆ》く末《すゑ》に髪白面皺《ハツハクメンスウ》専《もつぱら》相待《あひまつ》、と

あまりにも甘き記憶の錯誤だ。と、言ふのか？　若き日のあの戀を
蝕《シヨク》の夜《よ》の暫時の情事。悔恨の鐘の音《ね》が木末《こぬれ》を、戰《そよ》がせる
春も逝《ゆ》き夏も果つ。戀する者は時を移さず死ぬべきか？　如何《いか》に？
一束《いつそく》の古狀《こじやう》を燒きぬ。人生《じんせい》に春は一度つきりしか來ない
流行歌《はやりうた》が（途切《とぎ》れ跡切《とぎ》れに）聞え來て……　今年の春は花の砂漠だ

一羽の鳥となつて

愛を断念する者は鳥になる——→　空《むな》しく宙《そら》を搖蕩《たゆた》ふ鳥に

離《か》れ離《が》れになるべき運命《さだめ》——→　人の子は右に左に、天《てん》に（ああ！）地《ち》に

それだけを、ひとつ、ください——→　重力《ぢゆうりよく》に支配されない愛。それだけを

何時《いつ》になく強く羽搏《はばた》く——→　青鈍《あをにび》の（俺の）心の（中の）翼は

鳥になりたい、と、庶幾《シヨキ》する——→　就中《なかんづく》、金雀兒色《エニシダいろ》の尾羽《をばね》の鳥に

現世《うつしよ》にわたしは、不在――↓　眼《め》ばかりが天《そら》の高みを漂つてゐる

見下ろせば、世界は、廣い――↓　兵燹《へいせん》が彼方此方《あちらこちら》で煙《けぶ》つてゐても

月の夜《よ》の（遙かな！）地平――↓　いくつもの發電所《パワーハウス》が火を懐《いだ》きゐる

高みより見るに――↓　災禍《さいくわ》の絶え間なき地上に君は、不在だ。永遠《とは》に

ἀλαλαλαί, ἰὴ παιών·　↑――君が居《ゐ》ぬだけで大地は（ほら！）傷だらけ

ブリューゲルに據れば

素裸《すはだか》の心で描《か》いた畫家、ひとり　………その繪を今日も觀《み》に來た、ひとり

ベツレヘムまで、雪景色！　敬虔な者の眼に（否《いや》、僕等《ぼくら》の眼にも）

狩人《かりうど》は歸《かへ》さを急ぐ——　家に着いたら（すぐ）春になる（筈《はず》だ）から

大地には、死が、波を打つ！　それを見てしまつた畫家の（恬《しづ》けき）視線

叛逆の天使以上に冷酷な、大天使————　其奴《そいつ》に擇《えら》ばれて

醇朴《じゅんぼく》で（やや）奸黠《かんかつ》な農夫等《のうふら》が、踊る　……死は忘れたことにして

善心に還《かへ》らば（永久《とは》に建てかけの）塔にも春は來るか？　と、問ひぬ

もう、草も、生えないだらう、そんな野に取り殘された（無人の）村閭《そんりよ》

巡り來る春の日もある。ブリューゲルに據れば（ブリューゲルの時代では）

待ち侘びた春、だつて？　見よ！　結局は――――波間《なみま》に踠《もが》く少年の脚《あし》

美神の星に導かれて

ひとり居の寂しさ、などと、嘆くなかれ。今宵《こよひ》（しきりに）雨《ふ》る婚星《よばひぼし》

盗汗《たうかん》の臥床《ふしど》は棄てよ！　夜空には（もつてのほかの）幾許《ここだ》くの星

星影に（向かうを向いて）横たはる裸婦——　その肌の冷たさを、想《おも》ふ

翫弄《もてあそ》ぶべきものとして（密《ひそ》やかに）息づく乳房《ちぶさ》！　徒《ただ》、其《そ》を眺む

汚《けが》すべきではない、の、かも、知れません。今宵《こよひ》の戀も、明日《あした》の愛も

脈搏《みやくう》てる男の腕に眠るのは、娼婦？　それとも、美神の化身？
太陽の顔を掠めて恥ぢぬてふ女神《めがみ》——　その名を持つ惑星《まよひぼし》
恐ろしき女神《めがみ》の宵宮《よみや》。——女等《をみなら》の媚態に逆らつてはなりません
天體の動きに合はせ（ひたぶるに）戀することが今宵《こよひ》の掟
こんなにも星の雨《ふ》る夜《よ》だ！　戀をせぬ男は、罪《つみ》せらる。永遠《とことば》に

雨の日に詩集を讀む

絶え絶えの記憶よ！　久しぶりに開く詩集は餘白ばかりが目立ち
不意打《ふいうち》の涙？　それとも時ならぬ雨？　讀みかけの書《シヨ》を濡らすのは
偏愛の詩集は（書込みと）雨に……　どこもかしこも（黒く）汚《よご》され
胸の是《こ》の邊りが（絶え間なく）疼《うづ》く……　やうな氣がする。雨の朝には
報酬《むくい》なき讀書と言はむ。若書きの（己《おの》が）詩集を（雨下《うか》）開くのは

降りつのる雨……　開け放たれた窓の下に書《シヨ》を讀むといふ粹狂《すいきやう》

讀《よ》み止《さ》しの詩集の餘白……　餘白こそ意味あるものと（ふと）意《おも》はれて

薄情で殘酷な《時》——　何時《いつ》となく外界《ぐわいかい》は大雨《ひさめ》に塞《みた》される

四十日《にち》四十夜《や》雨《あめ》は地《ち》に注《そそ》ぎ——　なら、押し流せ。すべての本を

水《みづ》は地《ち》に瀰漫《はびこ》りければ——　好機《かうき》だぜ。さあ、人類の改版《リセット》をせよ

山陽先生の讀書詩に和す

不退轉の決意なんかはない、けれど……　倦《う》むこともない（平生《いつも》の）讀書

如雨露《じようろ》から溢《こぼ》れる光………　人生も、讀書の時閒も、短くなつた

還曆《くわんれき》の賀宴《がえん》は果てて眼底《がんてい》に鋭《するど》き痛み――　心にも、少し

讀み掛けの本の多さに（書斎《しよさい》兼寢《ね》閒《ま》に目醒《めざ》めて）狼狽《うろた》へぬ。やゝ

書き置くは藏書《ざうしよ》の始末。琴詩酒《きんししゆ》の友の何奴《どいつ》を賴みとしよう?

有徳《いうとく》の著者と無告《むこく》の讀書家を繋いで――　たつた一册の本

人類は滅ぶはずだが……　萬巻《ばんくわん》の書《しよ》も（また）灰に歸すのだらうか？

獲麟《くわくりん》の一語をもつて擱筆《かくひつ》の君子――　ただ讀み倦《あぐ》む讀書子――

我《が》を張つてばかりの身だが……　往《い》にし世《よ》の著者には（ずつと）従順だつた

心中《しんちゆう》に繰りかへす（頼先生の）詩句　――不如還讀書《しかずまたしよをよまんには》

みづからの通夜に臨む

慎ましき葬禮《さうれい》ながら花やかに……　死者である私《わたし》は、さう幸《ねが》ふ
雪白《セッパク》の百合《ゆり》には、銀の（血紅《ケッコウ》の薔薇《ばら》には、金の）砂子《すなご》を振つて
人生を讃へる、なんて、簡單さ！　死者は誰《たれ》もが噓吐《うそつ》きだもの
賑やかな通夜の客たち。その中に混じれる死者たちは、幾柱《いくはしら》？
醜行《しうかう》の記憶を濯《あら》ふ。グールドのバッハばかりを（低く）流して

昨日《きのふ》まで生きてゐたつていふ美德。其《それ》だけが取柄《とりえ》の死者である

美しい骨が無理なら香ばしい骨に（せめては）燒いてもほしい

燈明《みあかし》をひとつづつ消せ。通夜が明け身輕《みがる》になつた世界のために

名を得ずに死んだからにはこの骨は人知れず撒け。騷立《さわだ》つ海に

死者である私《わたし》は、幸《ねが》ふ。この世から綺麗に忘れ去られることを

運動に興ずる若者たちをいとほしみ思ひ遣る老いの歌

樂しげに目覺めたはずだ。人間《ひと》の子は（汗臭い）人生の出端《ではな》に
殘酷なほど心地好い青春を（凡《およ》そは！）無駄に過ごした。俺は
立ち戻ることができたら！　まだ誰も來てゐぬ發走標《スターティング・ライン》に
僕たちの代表さ――　性能の好《よ》い肉體《にくたい》を持つ（あの！）少數派《マイノリティ》
美《うるは》しい肉體《からだ》に、心、奪はれて……　ただそれだけで過ぎた青春

青春の夢《む》魂《こん》、騒《ざわ》めく。……映像《イメージ》の前で　……競技場《スタディアム》の觀覧席《スタンド》で
大空に（弧《コ》を描《ゑが》く）鷲――　あの鷲に攫《さら》はれ失せよ。美《うる》しき者
恍惚《うつとり》とする身を嗤《わら》へ。身體運動《スポーツ》に興ずる者が、今、血を吐いた
忍び音に、泣く。……戟塵《げきぢん》に負傷した若者さへも直走《ひたはし》るので
美《うるは》しい青春を無にしたことを悔やみつゝ死ぬだらう。わたしは

人類かぼちゃ化計畫

人類の前には、海が――　「さやうなら、大地よ！」と言ひたいところだが
背後には大地――　そこでは人類が（どんどん）愚鈍になるとの噂
仰ぎ見る山脈《やまなみ》に雪――　園圃《はたけ》には（不細工な）かぼちやが（たんと）生《な》る
人間も（多く）かぼちや化する、と、云ふ。特に、萬聖節前夜《ばんせいせつ》には
集ひ來る魑魅魍魎は（成人ののちにかぼちや化する）子供たち

快いほどの速さで（人類の）かぼちゃ、かぼちゃ化計畫は進みゆく

皇帝は弑虐《しぎやく》されたり神格化されたりしたが……　其《そ》の實《じつ》、かぼちゃ

百歳の老爺《らうや》のごとく、口籠る。……乃公《おれ》は、か、か、かぼちゃにやならねえぞ

海豚《ドルフィン》になるのが増しだ。荒れ果てた大地で唐茄子《パンプキン》になるより

terra, vale!　と喊《さけ》んで、海へ——　かぼちゃにはなりたくない（と、惟《おも》つた）乃公《おれ》は

郵　便　は　が　き

〒171-0022
東京都豊島区南池袋2-8-5-301

書 肆 山 田 行

常々小社刊行書籍を御購読御注文いただき有難う存じます。御面倒でも下記に御記入の上、御投函下さい。御連絡等使わせていただきます。

書名

御感想・御希望

御名前

御住所

御職業・御年齢

御買上書店名

眼鏡を掛ける

みづからの罪《つみ》の記録を（翳《かす》む眼で（しかも蟲眼鏡で））盗み見る
六欲《ろくよく》の火焔《ほむら》に燒かれつゝ生きて——　死んでも燒かれませう。業火《ごふくわ》に
近眼《きんがん》の同級生に憧れて（隠れて！）（彼《かれ》の！）眼鏡を掛けた
人間《ひと》を賣る店で（眼鏡の御負《おま》け付きで）男を買つた。塾の歸《かへ》さに
冷靜を裝ひ黑眼鏡を掛けた、若《わか》い衆《しゆ》——　初心《うぶ》で、眩《まぶ》いぢやないか！

ゆるゆると死にゆく僕等《ぼくら》。何回か（徒に《むだ》）眼鏡を買ひ換へながら

老眼鏡《らうがんきやう》に頼るだなんて！　可能性に、老いは、過ぎぬ。と、思つてゐたが

人生は空しかつたか？　さうともさ！　薔薇色《ばらいろ》の色眼鏡で見ても

冥界の門に驅け寄る。掩護射撃はゴーグルで決めたい狙撃手《そげきしゆ》

感涙《かんるい》を忘れた眼には、サングラス。——やけに（地獄は）眩《まぶ》しい場所だ

運命の子

闇夜《あんや》にも星の光をはなちゐる、若き水兵《すいへい》――　其《そ》を（甚《いた》く）戀ふ

艫《とも》に立つ彼奴《あいつ》、が、虞犯少年《ぐはんせうねん》と呼ばれる、事由《じいう》――　その美しさ

少年は、潔《きよ》く、儚《はかな》し――　長高《たけたか》き一本《ひともと》の、百合。その百合よりも

神さまの誰《だれ》かが惚れたばつかりに――　美しく生れて、早く死ぬ

神の愛――　それだ、此度《こたび》の（痛ましい）傷害致死事件の核心は

男前《ハンサム》な水兵《セイラー》こそは運命の子《フェイテッド・ボーイ》——　あゝ、おいらはさうぢやない
絞刑《かうけい》に處さるる、船員《クルー》——　海原《うなはら》は（どこもかしこも）至聖所《サンクチユアリ》だ
早世《さうせい》ののちも遁《のが》れ得ず——　神の愛からも、自身の美しさからも
夭折《えうせつ》の（無數の）若者の記憶ゆゑに、きらめく——　四周《ししう》の海は
運命《うんめい》の子《こ》を先立てた——　これからは、星の光を戀ふてはならぬ

洪水來たる

政治家の（茶めく）愛情――　人民に？　勿論！　富を生む人民に

雑作《ざふさ》無く（死へと）誘ふ――　人民を？　無論！　薄汚れた人民を

鐵石《てつせき》の心で言はう。資本家が逃げ去つたあと――　洪水、來たる

革命家（および庶民）は洪水に押し流される。――歴史の常態《つね》、さ

みづからが起した洪水に呑まれ――　革命家はね、死ぬのださうだ

氣づかないのかい？　疾《と》つくに政治家も資本家も方舟に乘つた。と

Après moi le déluge!　如何《いか》な主義の國も財貨の狩座《かりくら》に過ぎぬのだ

政治家を使嗾する資本家たちの（楮幣《ちよへい》の）玉座。それだけが、殘り

悪政の應報としてアケロンの河、また、溢る。――死屍に塞《せ》かれて

人類の歴史の普遍――　資本家は、死なない。腐るばかりださうだ

蛇を名づけて

内心の火を掻き立てる（物言はぬ）毒——。愛らしい（あの）蛇遣《つか》ひ
運命女神《フォルトウナ》は（何時《いつ》でも）酷《むご》い。穏やかな（すみれ色の）眼をしてゐるけれど
心地よく死ぬ。なんていふ贅澤は、在り、か？　往古《わうご》の女王《ぢよわう》のやうに
大きなる柏《かしは》の樹下《じゆげ》に降り注ぐ（その）薫《かを》り！　毒蛇《どくじや》を潜《ひそ》ませて
名香《めいかう》の烟《けぶ》る胸乳《むなち》に抱き締める玩弄《もてあそ》び種《ぐさ》——。小さな蛇は

鶸色《ひはいろ》の蛇の口から洩れる音《おと》の、あゝ！　衣擦れのごとき懐《ゆか》しさ
必殺の毒を夢みる。痛苦なく（瞬忽《たちまち》に）効く（リビュエの）蛇の――
全身がたつたひとつの傷のごとく血を噴く――、と、言ふ。その蛇が咬めば
西風《ゼピュロス》が（恥《やさ》しく）嬲《なぶ》る――。露臺《バルコン》に彳亍《たたず》む王《わう》、と（その）寵嬖《ちようへい》を
頬笑んでみようか、僅《はつ》か――。わが胸に巣構《すく》へる蛇を〈愛〉と名づけて

雲の扇

曙（の色）に染みつつ雲は棚引く。　立入禁止區域《オフリミッツ》の上空に

紅玉《コウギョク》の頸飾《ケイショク》は（薔薇色《ばらいろ》の）胸《むね》に映ゆ。　戀男《こひびと》を刺して來たつて？

さまざまな思ひの種を（囚繋《シウケイ》の身に）得つ。　世紀を跨いで生きて

失はれゆく雲の色。　青春の大望《タイマウ》も（たちどころに）褪せた

朽ちかけた雲の扇《あふぎ》に見霽《みはる》かす、海。　船影《センエイ》を（絶えて）見ぬ海

死は驕《おご》る。　海ゆ寄せ來る雲さへも（經帷子《キヤウかたびら》の色に）曝《さ》ればむ

雲に臥す身とこそならめ。　世界中（どこもかしこも）汚《けが》れてゐるが

曇りゆく（ぼくらの）朝《あした》。　癈兵《ハイヘイ》の（斷たれた）脚に蛆蟲《うじむし》が涌く

戀すればこそ殺す。　君ひとりだけが（濁世《ヂヨクセ》に）惡いわけではないさ

香《カウ》を炷《た》き、雲とはなさむ。　この星の腐敗《フハイ》を（暫《しま》し）遲らせるため

我が家の鍋に

仰ぎ見る空《そら》がまぶしい。
項垂《うなだ》れたままで歩いて來たのぢやないが

結局は巡禮の旅だつたのか？
暮れなづむ我が（無爲《ムヰ》の）一期《イチゴ》は

戰鬪《たたかひ》の惡夢は背囊《ハイナウ》の中に。
敗者《ハイシャ》の歸路は晩霞《バンカ》の中に

山脈《やまなみ》は紫紺《シコン》に染まる。
鄕邑《むらざと》の（家《いへ》とふ家《いへ》の）竈《くど》が焚かれる

仄仄《ほのぼの》と烟《けぶ》る庖厨《くりや》に待つ人を持たぬ身を泣く。
旅の歸《かへ》さに

白粥《しらかゆ》は煮立つてゐるか？　追憶の（楡《にれ》の木《こ》かげの）我が家《や》の鍋に

耳を澄ますべし！　幽《かそけ》き釜鳴《かまなり》に。背戸《せど》の小川のささらぐ音《おと》に

焦げのある鍋つかみ。　妻（とか、母）が敗殘《ハイザン》の兵士《ヘイシ》を抱き締める

安息《アンソク》の時、終《つひ》に來ず！　鍋釜が賑はふ家《いへ》を持たざりし身に

畢命《ヒツミヤウ》の樣《さま》を占問《うらと》ふ。　家居《いへゐ》して（ひとり）鍋から食らふ煮凍《にこごり》

生きてあるかぎりは傘を

雨傘を（復《また》も）失《な》くした。
墓場《はかば》へと急いで乗った路面電車で
魂は何色《なにいろ》？
霖雨《ながあめ》に濡れて萎《しを》れた（蜀魂《シヨクコン》の）聲の色
塋域《エイヰキ》をつつむ霧雨《きりさめ》。
鈍色《にびいろ》の傘を（死人《シニン》に）差しかけられて
肉身《ニクシン》は（今は）空《から》つぽ。
こんなにも雨が無闇に降る日暮《ひぐれ》には
闘争《たたかひ》は茶《サ》飯事《ハンジ》。
雨に（今《いま》し方《がた》）細民《サイミン》の兒《こ》は打《う》たれて去《い》んだ

身を鬻ぐ少女《セウヂヨ》の（喇叭《ラッパ》手《シュ》の）兄も撃《う》たれて死《い》んだ。　雨の土壘《ドルイ》で
せめて差す妹《いもうと》の傘。　散らしある花の色さへ（疾《と》つくに）褪せた
血統は（この身に）絶えむ。　荒れ果てた父祖の墳墓《フンボ》は雨に洒《あら》はれ
夭《わか》くして死んだ兵士《ヘイシ》の（苟且《かりそめ》の）冢《つか》。　人生《ジンセイ》も假初《かりそめ》だつた
生きてあるかぎりは傘を！　蒼穹《サウキユウ》の深さに眩《くら》む晝《ひる》（日《ひ》中《なか》）にも

生《ヴィ》のやうな花火のあとで

政變《クーデタ》を企圖《くはだ》てなさい！　生《ヴィ》のやうな花火を（露臺《バルコン》に）見たあとで
闇雲《やみくも》に（闇夜《やみよ》に）打ち上げる花火。　あれだつて武器にもなるんだぜ
燒夷《セウイ》彈《ダン》の雨！　あの時紫の菊を（どうして）手折らざりしか
政變《クーデタ》が起るとしても？　無理だ。狂瀾《キヤウラン》を（既《キ》倒《タウ》に）廻らす、なんて
兄に似た攘夷《ジヤウイ》の志士の面影が、顯《た》つ。　（枯れ果てた）松の根方に

革命の僞装《ふり》を爲《し》てから續けよう！　（齒が浮くほどに）派手な夜會《ヤクワイ》を

志士も革命家も花火師に劣る。　愛男《えをとこ》の（居常《キヨジヤウ》の）職《シヨク》として

暗殺をすべき貴顯《キケン》の（誰彼《たれかれ》の）名を記《キ》す。　舞踏會《ブタフクワイ》の手帖《テチヤウ》に

生《ヴィ》も（終《つひ》に）色褪せませう！　永遠《とことは》に花火も天《そら》を彩《かざ》れはしない

政變《クーデタ》は（あの時）本當《ホンタウ》にあつたのか？　忘却《バウキヤク》の露臺《テラス》に惟《おも》ふ

死んだ下男に躓いたので

思慮のない少年だった。　一介《イッカイ》の（下卑た）下男に躓《つまづ》くなんて
窓外《サウグワイ》に（熾火《おきび》のやうな）眼があつて、暮《く》れ泥《なづ》む。　汚《けが》された世界は
煖爐《ダンロ》では薪《たきぎ》が爆《は》ぜる。　簡短《カンタン》に死んだ男が（無闇《むやみ》に）恐《こは》い
既に亡き下男の（冥《くら》い）眼光《ガンクワウ》が、突き刺さる。　坊《ボツ》ちやまの心に
疵口が、腐る。　死人《シニン》が（窓といふ）窓を鎖《とざ》してゆく館《やかた》では

魂は朽ち果てた。
裏庭に（くぐもる）叫び！
美しい魔物のやうだ。
少年は（時に）犠牲《いけにへ》。
貴種《キシュ》にこそ魔《マ》は憑け。

では骨太《ほねぶと》の下男の（放埒《ハウラツ》な）肉體《ニクタイ》は？
己《おの》が身を鞭で打つ。屈強《クツキヤウ》の奴《ヌ》僕《ボク》が
薪《まき》を割る男の（汗まみれの）裸《ラ》體《タイ》は
お仕着せの若い下僕が手を引いてゆく
血統《ケツトウ》の（著《しる》き）差が人類にある世界では

去勢鶏には赤キャベツ

枝附燭臺《カンデラブラ》の燈《ひ》に慣れぬ眼もて見る皿。　　飾られた死が盛られゐる

美しい鷄《にはとり》だつた！　　將《まさ》に今（銀のナイフで）割《さ》かれる鷄《とり》は

高潔な人閒《ニンゲン》だらう！　　一發の兇彈に（明日《あす》）斃《たふ》れる人閒《ひと》は

意のままに生きむと冀《ねが》ふ無意味さを知りぬ。赤キャベツをつつきつつ

人生に何の憂愁《うれへ》ぞ！　うかうかと（華甲《クワカフ》を過ぎるまで）生き延びて

眼で肉を食ひ肝先《きもさき》で嘘を言ふ。　皿には骨（と、キャベツ）が殘る
戰陣《センヂン》に張れる清筵《セイエン》。　床《ゆか》に臥す犬に餘食《ヨジキ》を投げあたへつつ
感覺は赤キャベツだが魂は蕪《かぶ》にかたぶく。　遲い日暮《ひぐれ》に
黃金《ワウゴン》の蕪菁《かぶら》に齧《かぶ》り付く至福。　人生なんか（とんと）忘れて
去勢鷄《カツポーネ》こそ付合《コントルノ》せ！　霽れぬまま暮れた日の（闃《しづ》かな）私宴《シエン》では

雅やかな復讎

戀人《こひびと》は（ことのはじめに）言ふだらう。——忘れられたら心底《シンそこ》つらい
忘れたことなんてないさ！　戀しあひ（厲《はげ》しく）惡《にく》みあつたあなたを
緩《ゆる》やかな（戀の）坂路《さかみち》。　皆人《みなひと》が門《と》渡《わた》る（忘却《レテ》の）流れに沿つて
邊疆《ヘンキヤウ》の逆旅《ゲキリヨ》の如し。　戀人《こひびと》の（詐僞《いつはり》多き）胸乳《むなち》てふもの
老いらくの戀の祝儀《シウギ》は、倍返し。　それが初戀《はつこひ》だつたとしても

戀ゆゑの足の亂《みだ》れは傳授事《デンジユごと》、とでも言はうか？　道《みち》の來者《ライシヤ》に
仇討《あだうち》を庶幾《ねが》ふに似たり。　（終日《ひもすがら》）胸の火《ほ》の穂《ほ》を掻き立てるのは
報復《ホウフク》の（戀路《こひぢ》の）辻に、影が、差す。　（眞實《シンジツ》といふ）仇敵《かたき》の影が
離れてはゐられない！　だが抱擁《ハウヨウ》もつづけられない！　血が熱《あつ》すぎて
戀人《こひびと》は（とどのつまりに）言ふだらう。——復讎《フクシウ》として愛してあげる

鏡の碎片を覗き込んで

饗筵《キヤウエン》の座輿《ザキヨウ》に（ざつと）物語りませうか？　　有り触れた人生《ジンセイ》を

破鏡《ハキヤウ》して嘆きし友が（今）笑ふ。　　鵲《かささぎ》なんか見たこともない

取り落とす（舊《ふる》き）手鏡《てかがみ》。　ひたすらに思ひ描きぬ、死といふものを

切り裂いてみようか？　黝《あをぐろ》き（己《おの》が）心を。　　破《わ》れた鏡の尖端《さき》で

内亂《ナイラン》を詠《うた》ふ、現下《ゲンカ》の内亂《ナイラン》を。　　（速《すみ》やかに）死を賜《たまは》るために

驕《おご》りゐる（曾《かつ》ての）友に、書き送る。　革命歌作詞家の遺《キ》詠《エイ》を

頬笑んでゐる。　街角《まちかど》の（葬儀屋《サウギや》の）陳列窓《ショウウインドウ》を鏡に代へて

見せ消ちの（心の）憔悴《やつれ》。　浄玻璃《ジャウハリ》の鏡に映し見る己《おの》が身に

語るべきことさへ盡きて（ただ）想ふ。　鏡を抜けて消えた少女《セウヂョ》を

彌高《いやたか》き身《み》空《そら》ならねば覗き込む鏡の碎片《かけら》。　（死の）切《きれ》つ端《ぱし》

此の肩の手を

人間《ひと》は皆、天涯孤《テンガイコ》獨《ドク》。
轉校《テンカウ》を爲《し》てからずつと音信不通《インシンフツウ》。
退屈《タイクツ》ぢやないか？
募り來る止住《シヂユウ》の苦《ク》惱《ナウ》。
天命《テンメイ》に叛《そむ》くとしても、旅立たう！

薄情《ハクジヤウ》な月の光が血に沁みわたる
莫逆《バクゲキ》の友とも！　師《シ》とも！
轉居《テンキヨ》も亡命《バウメイ》も爲《し》ないで畢《をは》る人生《ジンセイ》なんて
現世《うつしよ》の適《かな》はぬ戀に羽《は》交締《がひじ》め爲《さ》れ
朽ちた紲《きづな》を手《て》強《づよ》く斷つて

轉住《テンヂユウ》が終《つひ》の別れに爲《な》ることも。
放《はな》してお呉《く》れ、此《こ》の肩の手を

生《セイ》なんか瞬時《シユンジ》に果てる。
取り敢へず、亡者《マウジヤ》の列に隨《したが》ひ征《ゆ》かう

天國《テンゴク》ぢや野暮《ヤボ》つたからう。
地獄《ヂゴク》へのお移轉《ひつこし》こそ、あらまほしけれ

逃亡《タウバウ》を、企てる！
此《こ》の惑星《ワクセイ》に閉ぢ込められてゐた魂が

生きてゐる？　それとも、死んで？
枕頭《チントウ》の闇に眼鏡《めがね》を捜す私《わたし》は

贋の姿で

澄みわたる兩《リヤウ》の眼《まなこ》で君と知る。　贋《にせ》の姿で氣取《きど》つてゐても

拂曉《あかとき》の嵐に洗はれた青空のやうだ！　勇士の虹彩《コウサイ》は

船出して明日《あした》で七日《なぬか》。　未《いま》だ見ぬ島に至福《シフク》はあるのだらうか

討《う》ち平《たひ》らげしは熱帶《ネツタイ》。　金滅金《キンメツキ》美美《ビビ》しき鐵假面《テツカメン》は脫《ぬ》がれよ

殘忍《ザンニン》な征服者とは虛僞《いつはり》の姿。　本當《ホント》は、臆病な、神

新《あらた》しき嵐の豫感《ヨカン》。
これからは假《かり》の姿で生きると決めた

なけなしの勇氣も萎えた。
覆面《フクメン》の逆徒《ギャクト》にじつと見詰められゐて

三叉《みつまた》の道股《ちまた》に立ちて暗《く》れ惑《まど》ふ。
落ち着く先は何方道《どっちみち》、闇《やみ》

樂園《ラクエン》に到るを得ずに斃《たふ》れしは幾人《いくたり》？
詐僞《いつはり》の人《ひと》の世《よ》に

溢れ出る涙！
死ぬべき皓き齒の若者の閉ぢゆく目蓋《まぶた》から

Wo die schönen Trompeten blasen

枯芝《かれしば》の）丘に寝轉《ねころ》び星空を見上げつづける（ひとりの）兵士

極光《オーロラ》の棚引く）北の際涯《はたて》から（幽《かそけ》く）響き來る喇叭の音《ね》

見霽《みはる》かす）野には（たびたび）戰鬪《たたかひ》に荒らされた國境《コクキヤウ》があるとふ

殲滅《センメツ》の）猛火《ミヤウクワ》に）映えて）喇叭手の）喇叭は（金色《コンジキ》に）耀《かがや》きぬ

惡法《アクハフ》も）また）法《ハフ》にして）打ち靡く）草原《くさはら》を軍樂隊が征《ゆ》く

母喰鳥《ふくろふ》の啼《な》く音《ね》も凍る）灰色《はひいろ》の）月下《ゲッカ》喇叭手には影が無い
薄明《ハクメイ》の）丘に散らばり夢を見る（聯隊《レンタイ》の）兵士を呼び醒ます
長過ぎた）夜《よる》の）終りに）泣き濡れる理由《わけ》は喇叭が鳴り響くから
喇叭手の）涙が乾くより前《さき》に（その）戰友が白骨《ハクコツ》になる
魂に沁み入る音《おと》で）人影《ひとかげ》の絶え果てた）野に（ただ）鳴る喇叭

藝術に祕密はない

衣摺《きぬずれ》の音《おと》の、さや〱。
藝術の奥儀《アウギ》は隠《かく》し果《おほ》せるものか？

祕事《ヒジ》も（もう）全て忘れた。技巧派《ギカウハ》の巨匠《キヨシヤウ》も（終《つひ》に）さう言ふだらう

詩神《シシン》かも知れないよ！　あの（ふは〱の）綿菓子を手に咲《わら》ふ少女《セウヂヨ》は

藝術も不滅ではない。
（藝術家氣取りの）俺の死ぬ日も近い

はら〱と、落ち、散る、涕《なみだ》。
弟の俤《おもかげ》が（目前《めさき》に）浮かぶので

名を殘すだなんて無理さ！　幾許《こきだく》の都市が（果敢無《はかな》く）亡《ほろ》んだんだぜ
天啓《テンケイ》の（詩人は）器《うつは》。　さく〳〵と（新しい）言詞《ことば》が注がれる

それを知り、氣を失つた。　藝術が祕密を（何も）持たないことを

誰《た》が誘《さそ》ふ聲か？　怠惰《タイダ》な睡眠《ねむり》から（詩人《うたびと》よ！　そろ〳〵）覺《さ》めなさい

終夜《よもすがら》降りしきる、雪。　生きよう、と、思ふ。祕めごとだらけの生《セイ》を

漆黒の駿馬で

死は馬で來るといふ。　奇妙なまでに美しい（漆黒《シッコク》の）駿馬《シュンメ》で

豫感したとほりだ。　騎馬の一團が（夢の中）土煙《つちけぶり》をあげる

柔《にこ》やかに頰笑《ほほゑ》む馬が（TVには）出てゐたが。　夙昔《シュクセキ》の夕暮《セキボ》に

泣いた日もあつた。　一瞥しただけの（馬上《バシヤウ》の）美少年《ビセウネン》に焦《こが》れて

馬の背に觸れて嘆かふ。　兄分《あにブン》の（出所以來《シュツシヨイライ》の）餘所餘所《ヨソヨソ》しさを

馬を引く身に（一抹の）欲情は萌《きざ》す。　驟雨《シウウ》の過《よぎ》る時《とき》の間《ま》

別當《ベツタウ》は馬前《バゼン》に死んだ。　したがつて（ぼろい）儲けの話もおぢやん

約束はしないでおかう。　薄明《ハクメイ》の馬場《うまば》で（もう一度）逢ふことは

鮮血《センケツ》の甘さに匂ふ駻馬《あらうま》を愛す。　（明日《あした》の）戰友《センイウ》として

生きること。　一騎の馬が（音も無く）深夜の闇を驅け抜けたこと

全身を水に洗へ

手を洗ふだけではだめだ。大海《タイカイ》も（ほら）血の色に（未《ま》だ）染《そま》りゐる

みづからを（海嘯《つなみ》に）洗へ。みづからを裏切り（つゞけ）ゐる人類は

心まで淨《きよ》むる手段《てだて》（もし）あらば（皆《みな》がら）示せ。黄泉苞苴《よみづと》として

年老いて（ます／＼）汚《けが》る。賓客《ヒンカク》のひとさし指に（翡翠《ヒスイ》の）指環

體臭《タイシウ》も（性の）腐臭《フシウ》も快樂《クワイラク》のひとつと思ふ。（不時《フジ》の）雷雨に

青年は精を洩らしてそのたびに（少しづゝ）老ゆ。（不可逆に）老ゆ
會心《クワイシン》の友を（たうとう）先立てた。（ともに）湍《せ》を徒渉《かちわた》るべき友を
累《かさ》ね來た快樂《ケラク》が臭《にほ》ふ。　水際《みなぎは》に（重ね着の）衣服《きもの》を（みな）脱ぐに
心こそ（凍水《しみづ》に）洗へ。　人類の（野暮《ださ》い）運命《さだめ》に殉ぜざるため
魂を（無に）解き放つ（その）前に洗へ。　傷創《きず》だらけの全身を

高原の僑寓にひとつの夏を過ぐさむとして

群衆を遁《のが》れて高原《カウゲン》に到る。
　　　　　たつたひとつの夏を銷《け》すべく

高原《カウゲン》は歌に目醒める。
　　　　　牧童《ボクドウ》が果敢無き戀を託《かこ》つ牧歌《ボクカ》に

薫り立つ森のほとりの鞦韆《シウセン》に戯《ざ》れあつた日もあつた。
　　　　　其《そ》の上《かみ》

羊飼《ひつじかひ》の若者が花咲く森で溜息を吐《つ》く。
　　　　　戀の典雅《みやび》に

初夏《はつなつ》の光に融ける文弱《ブンジヤク》の心。
　　　　　此《こ》の身も溶けよ矢場《やには》に

峡谷《ケフコク》ゆ立ち立つ炊煙《けむり》。
高原《カウゲン》に一世《ひとよ》を送る人をうらやむ

風にさへ掻き立てられる漂泊《ヘウハク》の悲歎《なげき》。
槲《かしは》の大樹《タイジュ》に倚《よ》れば

躬自《みみづか》ら風になる。
金翅雀《ひは》色《いろ》の風が涯《はて》も無き野を吹き渡るとき

高く舞ふ眞《ま》白斑《しらふ》の鷹。
魂は一途《イチヅ》にその影に捉へられ

忘却の日を冀《こひねが》ふ。
濃《こ》みどりに深《ふ》けゆく夏の科木《しなのき》の下

魂は愛国者《ペイトリオット》

憂え顔の愛国者《ペイトリオット》と呼ばれたい　だって夕陽があんなに紅い
宗教が砦と成る日　透明な心を持てあます恐怖主義者《テロリスト》
全身を隈無く洗う　拳闘家《ボクサー》が、自爆志願の戦士《ソルジャー》たちが
若者を戦に送る為政者の笑顔　至って保守的《コンサヴァティヴ》な
難民と成りしも愛国心《ナショナリズム》ゆえ　そう言っていいよね、御同輩

新米の儀仗兵《オナー・ガード》の捧げ銃
時しも頬を打つ猛吹雪《ブリザード》

神国は結句属国
被占領国日本《オキュパイド・ジャパン》に生まれちまった僕ら

売国の徒と成りおおす
親友を裏切るよりもやや安易《イージー》に

胸元の菊　花《クレサンシマム》
永遠に朽ちない花を今日、毟り取る

魂は愛国者《ペイトリオット》
それよりも大事なとこは無政府主義者《アナーキスト》さ

靴が鳴る

思ひ出の中の靴音《くつおと》
大事だが思ひ出せない事實の殘滓《ザンシ》

詐僞《いつはり》と非義《ヒギ》とに滿ちた往昔《ワウセキ》の記憶
靴磨《くつみがき》屋にだけ語る

陶然《タウゼン》として聽いてゐた
新しい長靴《チヤウクワ》が立てる硬い跫音《あのと》を

靴紐は解《ほど》けたままだ
急ぎ足で立ち去る一昨年《をととし》の親友の

錯覺か？　それとも？
深夜街頭を通過《よぎ》りゆく軍靴《グンクワ》の重き音

薔薇《ばら》色《いろ》の繻子《サテン》の靴に憧れる　されど吾が履く黒革《くろかは》の靴

靴が鳴る　眠らぬ街の雑沓《ザッタフ》を俯き歩むひと足ごとに

大切な何かを時代から拯《すく》ふ心算《つもり》か？　どた靴の青年は

靴ばかり殘して消えた民族の噂　寂《しづ》かに砂の降る日に

魂は微睡《まどろ》む　洒落た靴の中で外反拇趾《グワイハンボシ》は徐《しづ》かに疼《うづ》く

星空の私

ここにゐてここにはゐない　愛に似たものに充たされるべき私《わたし》は

年弱《としよわ》のスターだらけの瓊筵《ケイエン》に連なる　冥《くら》き心のままで

空洞《クウドウ》としての私《わたし》は身を任せゐる　星星の甘き流れに

星の降る夜《よる》　なけなしの魂をスターは賣り渡す。握手して

これをしも愛の力と呼ぶべきか　星と星とが強く引き合ふ

私生活なんてない。見よ、スターには　織女星《ヴエガ》と牽牛星《アルタイル》の密事《みそかごと》

星宿《セイシュク》に支配されざる魂は宿つてゐるか　私《わたし》の中に

星は星、スターはスター　擦れ違つても、遙遙と離れてゐても

星空は現《ゲン》に在る　私《わたし》の中に彝《イ》を秉《と》るほどの意志は在るのか

満天《マンテン》の星に見られてゐるといふ意識　私《わたし》もスターだ、實《ジツ》は

栄光の味は苦い

書き損じすら歌となる天恵《テンケイ》の季節。
再び！　とは幸《ねが》へども

恐ろしき美神《ウエヌス》の宵宮《よみや》。
戀をしてゐても詩嚢《シナウ》は抛《なげう》たざりき

言の葉の森は荒野《あらの》に成り果てた。
我が身に屬《つ》いて來る者も無い

神馬《ペガソス》の泉は涸《か》れてゐなかつた。
歌をわたしが詠《よ》み初《そ》めたころ

甘井《カンセイ》は先づ竭《つ》く。
早熟《サウジユク》の詩家《シカ》に春は二度とは廻《めぐ》つて來ない

詩神《ムーサイ》の波打つ髪も追悔《ツイクワイ》の種《たね》。
騷擾《サウゼウ》の年年《としどし》を經て

榮光の味は苦《にが》いと身をもつて知る。
若書きの詩稿《シカウ》を讀むに

光明神《ポイボス》もこのごろ強顔《つれな》くはないか？
こゝろの空《そら》はまた雨曇《あまぐも》り

突然の秋に戰《をのの》く。
薄《うす》ら陽《び》に我が末枯《すが》りゆく白髪《ハクハツ》を見よ

尋常《ジンジヤウ》に老ゆる口惜《くや》しさ。
酒神《バツコス》の狂氣《キヤウキ》も遠い昔のことだ

月と皇帝

東京錦《トウギヤウキ》の茵《しとね》に坐《ざ》すは何者ぞ？
皇帝《クワウテイ》と月とを繋ぐ紲《きづな》とは？
擦れちがふ刺客《シカク》の若さ。
天穹《テンキユウ》に寂《しづ》かに月が闕《か》けてゆく。
天體《テンタイ》は時に邪曲《よこしま》。

月下《ゲツカ》しのびやかにあへぎゐる
花綵列島《クワサイレツタウ》一氣に陰る
衣嚢《ポケツト》の中に砕《くだ》ける緋の藥壜《くすりびん》
地には皇帝《みかど》が獨《ひと》り老いゆく
この星の嫉妬の影に翳るあの星

血の色の月影《つきかげ》が射《さ》す。
逆らはぬ敵手《あひて》はいやだ。
月は汚《けが》された！
皇后《クワウゴウ》は得てして惡女《アクヂヨ》。
見霽《みはる》かす四方《よも》の高樓《カウロウ》。

打ち沈む失意の皇帝《クワウテイ》の後背《コウハイ》に
満月が紅《あか》く蝕《シヨク》されてゐる夜《よる》には
帝土《テイド》の邊疆《ヘンキヤウ》の發　電　所《パワーステイシヨン》の上空で
さうでない皇后《クワウゴウ》が露臺《バルコン》に出《い》で座《ま》す
その間《あひ》に今宵の月は赤裸《あかはだか》なり

腐つてしまへ

霽れあがる朝の明るさ――
殘忍な異端審問官《インクイジター》の癈《し》ひた睛《ひとみ》は

犬《いぬ》および咒術《まじわざ》をなす者《もの》は外《そと》にあるべし
――綠柱玉《エメラルド》の都城《みやこ》の

御《ギヨ》しにくき胸の思想《おもひ》を書きとめる一葉《エフ》の紙――
その唐棣色《はねずいろ》

絶え間無き未來の痛苦
――立破《たてわり》に破《わ》り付《つ》けよ。不埒《フラチ》な預言者は

宗教《シユウケウ》はどれだつて邪教《ジヤケウ》――
眞《ま》つ晝間《ぴるま》、市街《まち》の餘白《ヨハク》に騰《た》ち立つ烟燄《けむり》

異教徒《イケウト》の銀の大盤《おほざら》　——血の味で苦《にが》い。洗禮者の唇は

今時《いまどき》の白玉樓《ハクギヨクロウ》の取沙汰に——　天國よりも地獄が眩《まぶ》い

荒野《クワウヤ》には紫紺《シコン》の薊　——鳩胸の原理主義者《ファンダメンタリスト》、自爆《ジバク》せり

送り出すのは泣きながら——　十字軍戰士《クルセイダー》を。聖戰《ジハード》に征《ゆ》く若者を

過激《ラデイカル》な兄貴の黝《あをぐろ》い言辭《ことば》　——腐つてしまへ、アブー・ラハブの手

買ひ漁る

買物は（僅《はつ》か）心に愧《は》づべきか？　何を買つても誰が買つても

行《ゆ》き付《つ》けの店の數數《かずかず》。　傷悴《シヤウスイ》の心で（敢へて）する大人買《おとなが》ひ

心臓《シンザウ》の邊りが痛む。　クレジットカードを（そつと）差し出す度に

青樓《セイロウ》に登らむ。　角《かど》の大店《おほだな》で（青玉《サフアイア》の）指環を買つてから

五番街だつたか？（銀座だつたのか？）　昨夜《きぞ》大枚《タイマイ》を叩《はた》いた街は

魂は抜きで肉體《からだ》を買いませう。　　やけに明るい（夜の）小店《こみせ》で
識《し》らないか？　商店街に難民の群れが（このごろ）目立つってことを
青ざめた魂ひとつ。　この世では（二度とは）賣りに出せぬ代物《しろもの》
閉ざされた一軒の店。　そこだけに（暗闇《くらやみ》といふ）安らぎがある
お買物には倦《う》み果てた。　眞夜中に（それでも）人間《ニンゲン》を買ひ漁る

キャリバンの島

たちまちに心騒立《さわだ》つ！
樂《ガク》の音《ね》が波と寄せ來る島に纜《もや》へば

空中を漾《ただよ》ひ來るは何者か？
魔物の風船《バルーン》でないならば

竝竝《なみなみ》の響きにあらず！
方尖塔《オベリスク》竝《な》み立つこの島に滿ちるのは

戯《たはぶ》れの風か？
昨夏《サクカ》の難船の死者が咳《しはぶ》いたのかも知れぬ

野育ちの賤《しづ》の男《をのこ》が！
もう一度夢の續きを見たいと泣いた

キャリバンは悍《たけ》きマンハットオ族の末裔《すゑ》か？　前額《ひたひ》の瘢《きず》の鐵色《テツいろ》

愛なんか知るもんか！　魔法の島の驕奢《ケウシヤ》な繁榮《ハンエイ》は知つてるが

涼やかに歌ふのは誰《たれ》？　詩神《ムーサイ》でなければきつと乞丐《かたゐ》の王子《ワウジ》

呼び交す海の響動《とよみ》と地の震動《ふるへ》！　倡和《シヤウワ》せよ遠流《ヲンル》の吟遊詩人《トルヴエール》

苦しくはないかい？　キャリバンの島で生きて歌つて死ぬつてことは

夕暮の暑きに倦みて

打ち靡く（河邊《かはべ》の）柳。
その陰《かげ》を群れゆく羊たちを見送る
此處《ここ》からは遠い塋域《エイヰキ》。
戟塵《ゲキヂン》に斃《たふ》れた（臞《や》せた）詩人を哭《な》くに
河波《かはなみ》も（柳も）羔羊《こひつじ》の群れも閃《ひらめ》く。
銀のナイフのやうに
焦心《セウシン》の牧神《パーン》が吹いた（折れた）笛。
これが殤死《シヤウシ》の詩人の遺品
白皙《ハクセキ》の（敗衣《ハイイ》の）羊飼《ひつじかひ》に問ふ。
——何故《なぜ》に爾《なんぢ》の羊は鳴かぬ

搖《ゆる》ぎ無き（牧者《ボクシャ》の）答。　——この路《みち》が平生《いつも》の路《みち》と異なるからさ

市庭《いちば》へとつづく（白晝《まひる》の）甃砌《いしだたみ》。　一匹《イツピキ》の羔羊《こひつじ》が逸《に》げ來る

羊より寡默な詩人。　銅盤《ドウバン》に淨めの水は（はや）湛へられ

純白のリボンが羔羊《こひつじ》を文《かざ》る。　晴れの柲《ふる》には（緋の）總《ふさ》かざり

夕暮《ゆふぐれ》の暑きに倦《う》みて（一心《イツシン》に）愛撫《なで》る。　冱えゆくナイフを愛撫《なで》る

目次——逸げて來る羔羊

●

●●●

●●●●●

覚書――『逸げて來る羔羊』のための

別冊附録

石井辰彦の著書

創作

『七竈』（造本＝著者、深夜叢書社、一九八二）
『墓』（造本＝著者、七月堂、一九八九）
『バスハウス』（装幀＝加藤光太郎、書肆山田、一九九四）
『海の空虚』（装幀＝加藤光太郎、不識書院、二〇〇一）

『百花殘《ヒヤククワくづ》る。と、聞きもし、見もし……』（西山美なコとの共同制作、
英訳＝佐藤紘彰、編集＝郡淳一郎、造本＝白井敬尚、ギャラリーイヴ、二〇〇三）
『全人類が老いた夜』（写真＝普後均、装幀＝亜令、書肆山田、二〇〇四）
『蛇の舌』（装幀＝亜令、書肆山田、二〇〇七）
『詩を弃て去つて』（装幀＝間村俊一、書肆山田、二〇一一）
『ローマで犬だつた』（ブックデザイン＝白井敬尚、書肆山田、二〇一三）

評論
『現代詩としての短歌』（装幀＝亜令、書肆山田、一九九九）

逸げて來る羔羊＊著者石井辰彦＊発行二〇一六年七月一一日初版第一刷
＊発行者鈴木一民発行所書肆山田東京都豊島区南池袋二—八—五—三〇
一電話〇三—三九八八—七四六七＊装幀亜令＊組版中島浩印刷精密印刷
石塚印刷製本日進堂製本＊ＩＳＢＮ九七八-四-八七九九五—九三六—二

りぶるどるしおる

les livres de luciole ☆印＝近刊